KB147225

푸른사상
시선

79

시절詩節을 털다

김 금 희 시집

푸른사상
PRUNSASANG

푸른사상 시선 79

시절詩節을 털다

인쇄 · 2017년 8월 20일 | 발행 · 2017년 8월 25일

지은이 · 김금희
펴낸이 · 한봉숙
펴낸곳 · 푸른사상사

주간 · 맹문재 | 편집 · 지순이 | 교정 · 김수란
등록 · 1999년 7월 8일 제2-2876호
주소 · 경기도 파주시 회동길 337-16(서패동 470-6)
대표전화 · 031) 955-9111(2) | 팩시밀리 · 031) 955-9114
이메일 · prun21c@hanmail.net /prunsasang@naver.com
홈페이지 · http://www.prun21c.com

ⓒ 김금희, 2017

ISBN 979-11-308-1211-3   04810
ISBN 978-89-5640-765-4   04810 (세트)

값 8,800원

☞저자와의 합의에 의해 인지는 생략합니다.
이 도서의 전부 또는 일부 내용을 재사용하려면 사전에 저작권자와 푸른사상사의
서면에 의한 동의를 받아야 합니다.
이 도서의 국립중앙도서관 출판예정도서목록(CIP)은 서지정보유통지원시스템
홈페이지(http://seoji.nl.go.kr)와 국가자료공동목록시스템(http://www.nl.go.kr/
kolisnet)에서 이용하실 수 있습니다. (CIP제어번호 : CIP2017020422)

시절詩節을 털다

그리움의 빗장을 풀기까지 마음은 항상 정처가 없었다.
그리움의 방향은 전라도 고흥에서 보낸 유년 시절이었고,
내게는 금기어였다. 생의 길을 걸으면 걸을수록 그리움은
깊어만 갔다. 하여 그리움이 극진한 만큼 시에 삿됨 없기를
바랐다. 그러나 빗장을 풀면 풀수록 시의 지리멸렬함을 피할
수가 없다. 마음은 늘 장대비에 젖은 것처럼 푹 젖어 있다.
이제 젖은 그리움을 말리고 졸렬한 언어로나마 금기어를
풀어 아득한 마음을 내려놓고 싶다.

2017년 여름
김금희

| 차례 |

■ 시인의 말

제1부

제2부

제3부

제4부

제1부

어떤 기호와 기호 사이

봄 춘(春) 자가 아득히 싹 틔운다는 기별을 받았지요
춘란(春蘭)이 훈훈해진 베란다 부추김에
빠끔히 창밖으로 기울기하고요
겨우내 유리창에 겨우살이한 성에처럼 부연 창은 또 어떻
구요
내리쬐는 이른 볕에 나른해진 개나리
제멋대로 휘어 감긴 틈새
꽃 따 먹었다인지 꽃 다 먹었다인지
참새들 들락날락 째째거리는
엉거주춤 햇살 사이 그녀
비쩍 마른 몸에 제 키만큼 키운 긴 머리칼
양 갈래로 다소곳이 묶어서는
의류수거함 뚜껑 열어젖히고
민들레 진달래 꽃사과
들로 산으로 봄 마중 꺼내 들고 있네요
그녀와 봄
어떤 기호와 기호 사이일까요

산수유 마을에서

노란 우체통에 노란 편지를 부치고 싶은 날
산수유 흐드러지게 핀 산동에 왔어요
봄풀도 없이 저 혼자 피어 온 천지가 노란
산수유 꽃그늘에 앉으면 왜 서글퍼지는지 모르겠어요
산수유, 산수유 외다 보면
마음이 몹시 아릿해 와
금방이라도 눈물이 날 것 같아요
꽃마다 이미지 불러보면
개나리는 병아리
벚꽃은 임이라는데
산수유는 왜 근심이 되는지 모르겠어요
산동, 산동 외다 보면 떠오른 이름 하나
매천 선생 걸음 따라 걷게 되는데,
어디선가 선생의 큰 기침 금방이라도 들릴 것 같아
이리저리 고개 돌려 찾아봅니다
산동 처녀 머리에 노랗게 핀 산수유
먹먹한 그리움 쩔렁쩔렁 울리고 있네요
바다 건너 저 멀리 그리운 이 귓가에 머물까
노란 꽃가루 날려 보내주네요

보릿고개 넘어 산수유 따다가
이팝에 배 채우라
가난한 백성들 걱정하던 매천 선생 도포 자락
아스라이 꽃가루 되어 넘어가네요
노란 우체국 노란 우체통에
산수유 그리움 넣고 가는 날
온 들판에 노란 안녕이 자지러지네요

뜨거운 옹이

귀 떨어진 나무 계단이
진한 옻을 입고 새것이 되어 있다
헌 단추처럼 하나씩 하나씩 채워진
나선형 계단을 밟고 커피숍 문을 민다
지금 막 진단받은 갑상선 암덩이, 오래 버텨온
목구멍 깊은 계단에 무슨 약칠을 해야 새것이 될까
깊게 빨아들이듯 정지된 시간
세상에 유서를 쓰는 펜대처럼
툭툭 발바닥을 쳐보며 의자에 앉는다
갓 갈아준 진한 원두커피 한 잔
갱지 같은 누런 설탕 듬뿍 집어넣어
기포 하나 남김 없이
혈관 속으로 수혈한다
백 년도 안 된 몸
오래된 것이 좋다는
어느 시인의 독백을 끌어다 앉혀놓고
목 안 깊숙이 박힌 옹이 하나 힘주어 눌러본다
아프지도 않은 아픔이 손에 잡히고
차 한 잔 목구멍 안에서 뜨겁고 환해질 때

창문 밖 노란 은행잎 하나가
후드득 파랑새가 되어 날아간다
오래된 그늘을 뜨겁게 입고 날아가는 겨울새
금방이라도 쏟아질 듯 먹먹한 하늘
새들도 겨울은 채워야 할 단추겠지

낡아서 새 옷 입은 옻칠한 계단을 밟으며
목 안 켜켜이 그늘이 된 옹이를 읽는다
단단히 끼운 단추를 풀듯 옹이가 풀어지는 날
누런 설탕 녹듯 뜨거운 내 안의 덩어리 녹는 날

집 속의 집

유독 허리가 시린 밤이다
천막 치고 자란 목소리가 가볍게 길어진다
집 안에서도 텐트 치고 잔다며
그래야 한결 따뜻하다며
유목의 바람처럼 말한다
텐트는 집이 우습기만 하다
별은 어디에 걸어두지?
낙타의 사막은 어디가 잠자리지?
초원을 가르는 다급한 말발굽 소리는
몇 메가바이트로 저장해두지?
문득 냉장고를 열어 반찬 가짓수를 세어본다
배낭을 꾸려본다
더 이상 올라갈 산이 없다
집 속의 집
저당 잡힌 내 안의 유랑이 꿈틀거린다
모래바람만 천막 위에서 자는 밤
유실된 오아시스의 꿈은 잠 속에 갇히고
외풍은 천장 위를 떠돌고

별은 지붕 위에 붙어 앉아
별난 사람들의 초조를 기다린다

집 안에서도 집이 춥다

요단강 가에 눈은 내리고

서쪽으로 바람이 진다
새의 발자국도 사라진 길
거꾸로 발자국을 남긴다
녹슨 나침반이 춤을 춘다
꾸부정한 어깨 슬픈 리어 왕이 보인다
그가 보낸 한나절은 위풍당당했다던데
빛 바랜 은발 중절모에 감추고 끝끝내
그랬었다는데 이 가여운 행렬은
새 떼보다 절박하다는 말인가

지울 건 지우라 눈은 내리는데
그리울 건 그리우라 동백은 붉은데
거꾸로 난 저 발자국
흰 눈만 한정 없이 내리는
없는 하늘 아래
검은 새들 한 무리 둥근 원을 그리는데
마지막 작별의 시간
요단강 가 찬송 소리 눈처럼 내리는데
나목이 된 둥근 몸 위로 하염없이 쌓이는데

말없이 던져지는 검은 국화 송이들

그만큼 향기로웠던가, 그대여

지우라 지우지 못한 눈길
살아서 다사로운 눈길 간신히 주었더라면
그리우라 말하지 않아도 동백은 젖었을 텐데
목젖에 걸린 눈 밤새 파발처럼 내리는데
거꾸로 난 발자국 온 밤 뒤척이는데

바람이 진다

눈이 내린다

다 못 쓴 아몬드나무 편지

그녀는 아몬드나무에 꽃을 쓰기 시작했다
다가오는 이별이 달력 속으로 빨려 들어갈 때마다
가보지 않는 길에 대한 극심한 불안과
두고 가는 모든 것들에 대한 안녕에
집중할 필요가 있었던 것은 아니었는지

사랑하는 동생 테오가 조카를 얻자
고흐는 아몬드나무를 그려 선물했다며
남겨진 엄마를 위해 그녀는
매일매일 붓을 들고 꽃을 썼다

떠남과 만남 사이 화구를 놓고
그렇게 밤낮 가리지 않고 썼지만
다 못 쓴 꽃
엄마는 볕이 제일 잘 든 곳에
걸어두었다 하루하루
고흐의 꽃과 그녀의 꽃 사이에서
꼭꼭 써둔
그녀의 속내를 읽고 또 읽는다

잎보다 먼저 나온다는 아몬드나무 꽃
한껏 웅크린 채 겨울을 나고,
봄을 알리는 그 꽃

축포를 터트리듯 펑펑 돌아와,
아직 다 쓰지 못한 꽃에 붓 들 날
먼 하늘에 그려본다

엄마 꽃이 매일 물을 주고 있다

너머

취하면 사탕이 사랑으로 보이나 보다
풋감 같은 사랑이 사탕이 되어 올 줄 누가 알았겠나
서양 놈들 사랑 맛이
이러지도 저러지도 못하고 엉거주춤하다

때마침 들어오는 딸애,
아빠가 화이트 데이라며 사탕 사 왔더라
알아! 엄마는 스카치 캔디 커피 맛
나는 가마솥에 누룽지
뭐야, 내 이미지가 그런 거란 말이야?

풀풀 날리는 웃음, 뱃속으로 꾹꾹 들이밀고
그게 사랑이었니?

신새벽 언쟁에 돌아누운 단단한 어깨
구겨진 기분 펴질 리 없는데
깨 볶은 대신
군불 땐 누룽지 한 봉다리
서양 놈 이미지 너머 이미지를 맛본

화이트 누룽지

비로소 명치끝이 풀리며 취기가 돈다

사이

꽃술 꽉 다문 아침이 쌀쌀하다
겨울눈에 잠긴 목련 옷 껴입고
커피점, 아니 북카페로 간다
커피 볶는 날은
바쁘고 정신이 없다는 말에
왜? 콩 삶는 날 같아 좋은데
거 왜 있잖아 메주콩 삶는 날 말이야
칙칙 숨 내 달구는 커피콩 너머
온 동네가 콩을 삶네
찧네, 메주를 만드네
새하얀 앞치마의 어머니들
후끈후끈 달아오른 콩 스르르 달콤한,
콩 많이 먹으면
뒷간 망태 할배가 잡아간다는 할머니 으름장에도
모처럼 달뜬 장작불은 그러거나 말거나
한 줌 털어 넣고 쪼르르 달려갔다
달려오는, 한나절을 절구통에 담아도
꼬마들 기억은 따숩다
글쎄 말이야

나도 그렇게 살 줄 알았지
누가 이렇게 팍팍하게 살 줄 알았겠어?
메주콩과 커피콩, 그 어떤 콩이
그녀를 아프게 했을까
바닐라 라테의 부풀어 오른 휘핑크림이
더디 넘어가는 시간
커피 볶는 시간

날마다 산 꿩 되어

날마다 되돌아가고 싶은 마음은
호박 넝쿨 벋어가듯 벋어가고 있는 마음은
산 꿩이 꿩꿩 찾아가는 산기슭
아직은 때 묻지 않은 햇살 아래
쌀강아지 몇 마리와 당당한 수탉
살갑게 뒹굴고 기운차게 우는 그곳

매캐한 공기와 속도가 기를 죽이고
사방 아파트 숲 하늘 가려 숨죽이는
날마다 가방 싸고 싶은 이곳

병약한 몸 쉬며 나물 캐고 텃밭 가꿔
산비둘기 날개 소리 이름 모를 바람소리
낮은 식탁에 둘러앉혀
날마다 산 꿩처럼 살고 싶은

날마다 가고 싶은 땅
날마다 벋어가는 땅
날마다 쉬고 싶은 땅

그 속에서 한 줄 나의 노래 읊고 싶은

매일 꿈만 꾸다
매일 간절하다
점점이 폐부에 박힌 옹이 빼내지 못한
나 떠날 그날까지 가보지 못할
먼지 속으로 사라져도
쥐어보지 못할 한 줌 산 꿩 소리

빗소리 한 장

입을수록 벗어지네요
흠뻑 껴입을수록 알몸이 되네요
말라 죽을 것 같은 줄기가 너무 무거워서요
서늘한 그늘이 울타리가 되지 않아서요
안개를 피워 올리며 감추는 짐,
추슬러도 멀리까지 가서요
잔잔한 세상 겨우 잡아당겨서
촛불 하나 만듭니다
사람은 늘 너무 멀고
어이 없이 부는 바람만
뒤에서 가깝고 사납습니다

비가 오길 바랐지요
입어도 무거운 알몸
들어도 어둡고
보아도 깜깜한 빗소리 한 장
몸에 걸치고 싶었습니다

이렇게 장대비가 내리면요

대지의 문신 적나라하게 드러나는
안개와 비와 사랑이 문드러지는
빗방울 툭툭 터져 깔아지는
그 형체 없는 울타리에
온몸을 맡기는
광활한 초원
대책 없는
한 그루 나무이고 싶었습니다.

일탈

무모한 취향이
가을을 가을답지 않게 결정한다
오래도록 바다 쪽으로 기우는 마음과
얼마쯤 붉은 숲도 괜찮겠다는 생각의 조합
이것도 저것도 아닌 중간과
아예 바닥이라는 것들이 주는 파장이
결국 쓸쓸한 제자리다
열 길 물 아래도 길이 있어
외도의 흐름을 물만이 알 터,
바람에도 방향이 있다고
풍향계가 박박 부르짖을 때도
그건 나와 다른 종족의 이정표라고만 생각했던 지도
돌아올 한 평 바닥을 남겨놓았나
돌아갈 한 길 수족관 만들어놓았나
바람을 가둘 그물 속에 갇혀버린 나
문득 우체통의 색깔과 대문 밖의 문패를 더듬어보다가
떠나기 전 너무 많이 만든 주머니가 내게 물음표를 던진다
여정도 없이 공책에 침 묻혀 지도 밖을 꿈꾸어온 죄
아무도 모를 비망록에 무모하게 사인을 한 죄

무작정과 무책임이 왜 무거운지 저울에 달아보지 못한 죄
하긴, 떨어지는 몸무게를 가볍게 해보기 위해
주머니의 먼지를 털어보고 싶은 일이 간절했었다
남과 나를 주머니에 넣고 무작정 바다나 숲을 떠도는 일
화분에 이름 모를 허브 하나씩 길 밖에서 키워보는 일

그리하여 나라는 바다와 숲을 질리도록 바라보는 일
그리하여 그간의 나와 너를 미련 없이 버려보는 일

둠벙*을 설화(說話)하다

1

잘 든 단풍이 꽃보다 곱다
사과나무 바람 시디신
젖내 나는 주산지
풍경은 사람을 잡고 사람은 풍경 아래 쉬는데
환히 비추는 기억이 통째로 드리운다

2

마을이 생기기 전부터 웅성거렸을 그는
달빛 없는 무덤보다 음산해 보였다
푸른 하늘이 뭔지 모르는 잿빛 얼굴에
접근 금지, 오래된 금지어 같은 그는
자궁의 불안을 씻기려는 앳된 고사리손과
흔들리는 방망이의 불규칙한 동요와
나풀거리는 비눗방울과
흐느적거리는 푸른 이끼를
마법의 묘약처럼 삐끗!
순식간에 잡아 삼키는 하데스였다

엉겅퀴 꽃 수북한 공동묘지 같은 그는
틈만 나면 박수무당 입을 빌려
오십도 못 살 거란 부적을 찌라시 뿌리듯 남발하다
마을을 세탁하는 엄마들한테
불호령을 맞고도 배시시 웃었다

   3

주문 외듯 밤마다 읽어 내려간 동화는
사과 꽃 따라 큰 소리로 환생해
내를 만나, 강을 타고, 바다를 건너
향기로운 젊은 단풍 지천명,
연꽃 무늬 퍼지듯
교통신호 없는 바람 길
텀벙텀벙 잘도 가고 있다

* 둠벙 : '웅덩이'의 방언.

그리운 바람

무연했던 하늘에 뒤통수 치는 강풍
생가지 꺾이고 생잎 찢어집니다

꺾이고 찢길수록
아프지 않았던 날보다
몹시 아팠던 날,
새록새록 더 생각납니다

나무가 숲이 되면
씨앗들 웅성웅성 모여들어
생가지 생잎 울리던 무서운 바람
작은 힘 쑥쑥 올려 기꺼이 밀어냅니다

시퍼런 멍울 뭉쳐 울컥울컥 쏟아내던
벌겋게 단련된 지나간 상처들
옹기종기 모여
기어코 웃게 만듭니다

사노라면,

무정무정 그리워지는 것은
눈부시게 환하거나 따뜻했던 날보다
무섭게 바람 불던 어느,
그 어느 날이랍니다

마드모아젤 508

지난겨울 매캐하게 아파트를 끄슬러버린 후
후두둑, 투두둑 사흘이 멀다 낙하한 것들이
목이 비틀어지거나 발목이 잘린 비둘기들이란 걸 알고
난 후
동장군이 기승을 부리는 날임에도
개나리 홑잠바에 유치원 가방 둘러메고
약수터 드나들며 수도관을 채우는 것을 안 후
긴긴 겨울이 시종일관 칙칙한 잿빛 하늘로
기만당한 눈보라였어요

마드모아젤 508, 그녀는 그래요
바람난 남편 때문에 빙빙 돌게 되었고
이혼을 당하고부터는 스스로를 패쇄시키고
1층부터 5층까지 검은 나비가 되었다나 봐요
승강기 없는 귀 떨어진 아파트 계단
층층이 고단한 삶 깨울까
그녀는 솜털처럼 훨훨, 오르내리고
11평 아파트 맞춤처럼 그녀의 사이즈에 꼭 맞긴 하지만
봄이 오면 어김없이 소리 없는 이삿짐이

4층에서부터 1층으로 차곡차곡 내려옵니다

어쩌다 마주친 그녀, 밥은 먹었느냐
물어보고 싶지만, 이야옹! 소방관에게 퍼붓던
앙칼진 울음이 생각나 움칫 움츠러들고 말아요

그해 겨우 내내 방송은 을씨년스러워
고사리 저금통이 꿀꿀거리고
금붙이와 은전이 쩔렁거리고
유배 번호 1977-208 마드모아젤
이미 봄의 자폐를 견디고 있는 터
그럴지라도 빵이 생기면 그녀
생강차를 타도 그녀
사랑의 리퀘스트 다이얼, 돌리고
돌리고 돌리다 돈

수신 거부 당한 제5의 계절

홍매화가 꺾여서

지난봄 어머니가 보내주신 홍매화
겨울 지나 새봄 붉은 홍조 보이지 않았다

죽었을까? 살짝 건드렸다
툭, 꺾이는데 쿵, 심장이 떨어지는 줄 알았다
그러잖아도 아픈 몸은 누가 아프다거나
죽었다는 소식 들으면 오금이 저리는데
꺾인 홍매화 가지 내 몸 같아 진저리 쳐진다
홍매화 까짓것 또 사면 되지 않겠느냐
나는 홍매화 목숨 가벼이 하고 싶지 않다
목숨만이 아니라 내게 오기까지 여정도 홀대하기 싫다
늙으신 어머니 송이송이 마음 담은 봄 편지
아프지 않았던 내게 어머니 품어주러 왔다
아픈 내게 버림받은, 꺾여버린, 홍매화를 보면
서로 포갤 수 없는 심장 같아 가슴이 미어진다

모든 것 열려 당당했던
날마다 돌아가고픈 그리운 어머니 집
어머니 품 떠나 들어섰던 낯선 집

꺾여버린 내 생각이 여기저기 수북하다
애면글면 상처 난 생가지들 그렁그렁 뒹굴고 있다
저걸 다 긁어모으면 얼마나 될까
살면서 누구라도 이런저런 생각 꺾여본 적 있을 터
생각도 살아 있는 목숨에서 나온 것일 터
목숨이 말을 할 때마다 꺾어버리면
우리 얼마나 많은 생명 슬그머니 죽이며 살아가고 있는지
얼마나 많은 어린 생각이 영문도 모르고 죽어가고 있는지
또 뉘 생각 모질게 잘라내고 있는 것은 아닌지

봄이 오면 습관처럼 꽃 사시는 어머니
올해는 어떤 봄 품으며 기다리고 계실까
봄은 한참 지났는데

엄마의 달력

조용한 혁명이다
알 수 없는 무엇이 당신 가슴에 남아
이토록 오랫동안 지지 않는 서정을 품고 있었는지
뒤집을 수 없는 세월 시들지 않고 있었는지
해묵은 달력 뒤에서 아껴 살고 있었는지
흐를 것은 흐르라 덮을 것은 덮으라
바람 가고 구름 흩어지기 몇 번 서늘한 눈매 간 곳 없는데
눈 내리고 달무리 서글픈 화무십일홍
파도처럼 부서지는 생의 편린
시대와 개인사에 묻은 녹록지 않았을 멍과 옹이
한 방울 이슬 너머 사계절 내내
지지 않는 꽃이 되고 풀이 되고 새가 되고
찬송과 경배 궁서체로 빛나 새하얀 세월 채우고 있다
노쇠한 기억 세포 시 낭송 성경 암송으로 헹구어
가버린 세월 해묵은 달력 뒤편으로 소환한 당신
제비꽃 같은 할미꽃, 쿵쿵
젊은 들판에
바람과 별과 시와 노래와 꽃이 은하수처럼 흘러
그늘은 그늘이 아니었다

늦은 건 늦은 게 아니었다
찬란한 노을 청춘처럼
은발 위로 뚝뚝 떨어지고 있었다

본처가

이룰 수 없는 사랑의 성지라구요?

바람이든 달빛이든 확 끌어다
두 눈 부릅뜨고 폭우처럼
패대기치고 싶은 사랑도 있다

갈바람 불고 찬 서리 치는
기러기 울어 예며 날아가는 달밤
누구랴 구만리장천
뒤척이고 싶지 않은 사랑 어디 있으며
가슴 뛰며 살고 싶지 않은 사랑 어디 있으랴
펄떡이는 심장 확 끌어안고 싶지 않은 사랑 어디 있으랴

낡은 무릎, 사철 발 벗은, 뙤약볕 아래 이쁠 것도 없는
사랑, 비단결처럼 부드럽고 동백꽃보다 붉디붉어
누구라도 불타고
누구라도 가슴 쿵쿵 뛰는 그래서 또 애월

금기의 그 남자 그 여자는 천상의 사랑이던가
그럴싸한 그들만의 사랑을 사랑이라 함부로 노래하지 말자

제2부

섬 여자

섬에 살아 좋겠다고 말했더니
깽깽이풀꽃 뜯다가
축축이 젖어가는 그녀의 말
겹겹이 물인데요 뭘
하긴, 사방을 둘러봐도 바다밖에 없으니
소금에 절은 아름다움이 아름다움일까

마흔 중반의 진달래 빛 눈망울을 가진 여자
깽깽이처럼 몸이 유독 가냘픈 여자
출렁이는 자궁을 바다에 비웠는지
발끝이 축축해지며 연신 뒤돌아보는 여자

산수유 꽃그늘이 수척해지는 봄,
바람꽃 한 줄기 아찔하게 휘청이는데
발밑 복수초 꽃자리 불편해지는데
아름다운 섬을 노래 부르다 온 상춘객인 내가
섬 하나를 함부로 흐리게 한다

저 돌아보는 눈빛이 울음인 것을

로맹 가리를 위한 리포트

소설이 말아 쥔 두루마리 시간
구름이 낮은 비행기를 타고
소설 속으로 잠입했지
파도가 사람의 땅을 바꿀 때
태양은 낯선 이방인을 개조하는데
골몰하더군
해의 길이를 재고
파도의 너울을 세고
바람의 방향을 추적하는 건
담배 한 대로도 가능할 때가 있지
들숨과 날숨이 성호가 되더군
지붕 없는 별들은 질문이 많지
암호화된 애인이 있는지
진주의 행방을 알고 있는지
신발 벗은 맨발에게 묻더군
그의 애인은 모래 벽화에 있다고
그의 새들은 박물관에 있다고
찢어진 브라에 얼굴을 묻은 사내가
두 개째 담배를 물며 말했어

땅을 파본 적이 없는 동물이
이해할 수 있는 말이 있을까?
동물의 본능은 먹이를 찾는 것일 뿐
해안이 제 본능에 말려들거나 말거나 관심이 없지
늙은이나 젊은이나
먹이 사냥에 육감적인 몸을 날릴 뿐
새의 부리는 무딜 대로 무뎌져
날조된 도장을 꾹꾹 누르며 날더군
퇴화된 엉덩이를 뒤뚱거리며
호들갑스럽게 테마파크로 기울기 하며
벌건 불빛을 찾아 잠행하는
로맹 가리 해안의 변이된 새들
새들은 더 이상 페루를 찾지 않지만

페루는 언제나 페루인 거지

지는 해와 붉은 혀

포도 넝쿨이 그늘을 늘인다
술과 식사와 차들이 만드는 습성을 따라
해시계와 배꼽시계의 차이를 따라
'나는 왼쪽이다'*라는 시가 어울리는 야외 식탁에서

그녀는 해를 등지고
지는 해를 다 받아 붉어진 시인들과
연두색 자벌레가 녹두알만 한 포도 송이 사이에서
참 좋다고, 자벌레같이 꿈틀거리는 노을이 좋다고
자로 세상과 시를 재보자고
상처가 역광이 되는 유독 식상한 독설가의
혀를 들여다보며
지는 해가 그 혀를 타넘고 들어가는
붉은 동굴을 보며
알레고리로 엮인 혀가 뱉어놓은 시를 읽으며
새빨간 담론을 펼치는데
돼지 뼈 사이를 찌르는 관절통이
유유히 흐르는 다뉴브 강을 감당하지 못해
푹푹 투레질한다

타는 듯 넘어가는 마디진 저마다의 붉은 말은

허공에서 객관성을 잃고, 자꾸 오른쪽으로
빠져나가는데, 시의란 그런 것이라며
벌겋게 충혈된 석양이
모네의 인상을 뒤엎고
시꺼먼 선글라스를 끼고,
포도 넝쿨 그늘을 거둬버린다

* 시인 박소원의 시에서.

애월에 들어서면

떠도는 달의 뒤편 푸른 수심 같은
말랑말랑한
몇 번을 다잡고 걸어도 그냥 여기,
가슴 한켠이 매번 서늘했다
아무리 그것을 떼어내려 해도
찰랑찰랑 떼어지지 않았다
그 무엇이 그 길에 서성이는지
지문처럼 새겨진 아우라
지날 때마다 무엇에 취한 듯 어지러웠다
탁본되지 않는 실루엣
쳐내지 못하는 가이없는 문장
그것이 무진인 듯 아닌 듯 아득한
어둠 따라 촉촉이 날아가는 검은 그림자
아무래도 이 기이한 기표가 내 안에 들어와
때마다 한 편의 시가 길을 내고 있다

바람의 무진

우리는 바람의 순례자
바람의 갠지스를 찾아 떠난
처음도 끝도 없는
존재 아닌 존재로서
여기에도 없고 거기에도 없는
그를 찾아,
고단한 몸 하늘에 실었다
한 줄 역사도 없고,
한마디 언어도 새겨진 바 없는
무진의 여기,
바람을 가르는 말발굽에 마유주를 들이켜며
유목의 탈을 써보지만,
반세기 이상 정착민의 소유였던
육신의 DNA가 충돌을 일으킨다
어떤 삶의 근원이 여기 있다는 것일까
풍경과 바람이 독대한 밤
독수리 날개 소리, 젊은 아르간의 뿔 가는 소리
늙은 낙타의 슬픈 웃음이, 은빛 여우의 착한 거짓말이
떨어지는 유성이 일으키는 모래바람에 묻혀
간신히 사선으로 전파를 탔다

산은 산, 물은 물

바람도 물도 고르고 골라 맑기만 하다
농익은 여름 무색해져버린
계곡은 물, 소리에 젖어가고
물푸레나무 느티나무 넉넉한 그늘이
긴 하루를 싫다 하지 않는다

밤은 풀벌레 소리에 깊어가고
달은 하늘을 가르는 시간의 품속으로 이울어
노곤한 몸 아침에 선다
골마다 가득 찬 구름
쫓기듯 달아난 자리
무성했던 물푸레 느티
밤새 도둑이 들었나?
아! 대벌레! 계곡이 허전하다
물속에, 돌 틈에, 풀섶에

그 빼빼 마른 가느단 몸
욕심 없는 푸른 선비
돌 틈에, 흐르는 물에,

생의 한 자락 놓아버린
인생이란 뭘까에 골몰하다
놓쳐버린 나의 나뭇잎 한 장,
이 강가에 이르러 하신 말씀
산은 산이요 물은 물,
나도 나뭇잎 한 장, 대벌레도 나뭇잎 한 장

떨어져야 깨닫는 사바의 뜰보다
올라와서야 깨닫는 치악산 아침

칠월

징허다 진초록 지쳐 지치다 못해 몹시 고요하다
그 고요가 무료해 어떤 전설이나 야사 하나쯤
골목 어귀에 내려놓고 슬금슬금 도망갈 것 같다

있으나마나한 낮은 담장, 대문 없는 집
마당엔 감나무 한 그루 꽉 차 있다 외압 따위 끄떡없이
가지가 축 처지게 까르르 깔깔 풋것들 실하게 웃고 있다

감잎 위에 졸던 햇살, 가지 사이로 쏴아
마당 가득 솜털 같은 풀
이제 막 풀칠한 듯 눈부신 격자무늬 창호
어떤 신비가 휘이이 ―
툇마루 없는 댓돌 비스듬히 세워진 보라색 젤리 슬리퍼
고요의 이유를 알 것 같다

컥컥 늙은 개는 아까부터 쉰 목소리로 뭔가를 말하고 있다
이 골 저 골 지리산 타고 노는 바람에는 죄다 신기가 있는 듯
그 바람 쐬면 모두가 신령이 되는 듯 무더운 날이 선듯하다

흰나비 노랑나비 날아오는데 배추꽃 무꽃 없고
기생국화도 없다 팔랑팔랑 요염인 듯 아닌 듯
노랑나비 보랏빛 신발에 그윽이,
정갈한 창호에 흰나비 고요히,
컹컹 늙은 개가 다시 짖고 그 말을 알아듣겠다

감나무집 무당 년이 겁나게 이쁘당께 굿판이 없는 날
기운깨나 쓰게 생긴 멀끔한 사내 놈이랑 정분 나
펄렁펄렁 싸돌아다닌당께 그 무당 년을 찾아온 여편네들은
서방인지 남방인지 바람이 나 가물에 바싹바싹 타들어가
는 나락처럼
바짝 말라빠져 버석거린 가슴을 복채로 내놓는다등마*

* '내놓는다고'의 전라도 사투리.

지나치다

어쩌다 지나친 신성리 갈대밭
허겁지겁 자동차는 바쁘다
걸었으면 좋겠다는데 늘 바쁘다
그는 바쁘고 나는
바쁜 그가 싫다
강가의 조약돌처럼 멈추면 보이는 것들
긴 갈대밭 가슴이 졸아 들고 좁혀진 강줄기만 폭폭해
어쩌다 한 가지만이라도 맘 맞으면 좋겠다는 생각에
이곳이 영화 공동경비구역 촬영 장소라 했다
그래? 그제야 고개 돌리는 그
그러나 그뿐 자동차는 계속 바쁘다
그에게서 풀 한 포기 돌멩이 하나는 뭘까
저 너머 바쁜 세상에 무엇이 있기에
이토록 바쁘게 내팽개쳐졌을까
그는 다른 여자와 지나칠 때도 바빴을까?
차창 밖에 갇혀 타들어가는 갈대
'임금님 귀는 당나귀 귀'
축축한 외침이 홀로 또 따로 파문을 일으킨다
끝끝내 긴장된 공동경비구역으로……

부활

같이가 가치 없어진 지 오랜 교회 문턱

왜 하느님은 아담이 혼자 거처하는 것이 보기 싫어
이브를 만드셨다고 했는가
아담이 중심이고 이브가 부속적이라면
교회 문턱 인사는 아담의 몫이 아닐까
싸늘하게 식은 아담의 달걀
하늘은 왜 또 이리도 푸르더냐
집으로 가기 싫은 정지된 부활
자동차 바퀴에 비루먹은 부화를 매달고
꽃샘바람 앙상한 들판에 섰다
꽃바람 은근슬쩍 분내 풍겨도
부화할 기미 없는 딱딱한 들판
그래도 푸석푸석 헤맨 산기슭
검불 뒤집어쓴 양지 한쪽
납작하게 엎드린 로제트
'사랑', 그 허무한 이름
다시 태어나도 나는
그냥 이브일 뿐

47번 국도에서

가도 가도 해법이 없을 것 같아
남루한 가을 들판 자동차 바퀴 아래 두고
그냥 달렸어

산 들 갯벌 바다
모두 갱년기 우울에 지쳐 있는 듯
위안이 되지 않아 미쳐 달리다
아주 어두워졌어

스멀스멀 따라온 해무는 그만 괴기스러워
공포가 곤두박질치더라
밤의 무진에서 상향등은 이리 떼의 눈빛처럼
안광을 번득였지

미로는 얼이 빠졌어

어렵사리 불빛이 점점 늘어나고
낯익은 이정표가 빙그레 웃자, 아!
어쩔 수 없는 도식화된 속물이었어

다만, 속 시원한 생수 한 사발 들이켤까 떠난

47번 국도는 유턴 피턴이 없다는 것과
홀수는 가로 길, 짝수는 세로 길이라는 걸 알았어

나쁘지 않아
교집합처럼 그물처럼
최소의 숨은 그림이 아직은 살아갈 이유야

47번, 강화 해안도로는
좌표 없는 바닷물에 흥건했었어

마침내

길이란 모 아니면 도 같은 것 다리를 건너기 전 결정해야
한다

우회전은 그만그만 열려 있다 기다리기 지루하다면 눈치
껏 가면 된다
　그러나 구불구불 마을로 들어가는 길 그곳은 닫힌 세계다

좌회전은 때때로 기다려야 한다 신호등에 달린 몇 분의 인
내는
　하루치 인내 중 극히 적은 양이다

이윽고 길이 열린다 빨강에서 초록은 소통이다
후— 길지 않을 반나절 일탈이 숨통을 트이게 한다

비로소 두고 온 것들로부터 해방. 찰나가 준 희열
깃털 같은 세계가 내 안에. 세계 속에 그녀는 방랑자
경쾌한 음악 같은 해안도로 떠나본 자만의 쾌재다

좌회전에 맛들인 그녀 이제는 해안도로를 훤히 꿰뚫어놓
았다

거기엔 왼쪽이 주는 불편함보다 짜릿한
익숙함이 그녀의 가면을 벗겨준다

매일 두통에 시달리는 가면 웃음이 딱딱딱 줄탁동시처럼
  해안도로에서 균열을 일으키고 마침내 그녀는 후련하게
탈피를 한다

  젖은 몸뚱이를 일으켜 뒤뚱뒤뚱 걸어 나온다 상전벽해 그
녀의 2막 1장이
  와르르 굉음을 내지른다 뒤뚱뒤뚱 가슴에 쌓였던 돌산이
쾅쾅 무너지고
  우르르 잘 숙성된 갯바람에 훨훨 바다를 날아가고 있다

마두금이 우는 가을 역

달과 바람과 별이 달렸다
들풀이 달리고, 말갈기가 달렸다
어린 목동은 온 초원을 끌고 축제를 향해 달렸다

기차역마다 양무리가 달렸다
염소 떼가 달렸다
우루루 우루루 소와 말이 달렸다
비 오시는데,
가을비 오시는데
흠뻑 젖은 몸 털지도 않은 채 달렸다
가끔 기적 소리 울어대지만 그들은 울지 않았다
1호 칸 2호 칸 유랑의 DNA가
으레 있는 일처럼 익숙하게 자리를 잡았다
목동의 지팡이가 짧아지고
이별을 아는 양치기 개 두 눈을 꾹 감고 있었다
초원을 가르는 광대한 쌍무지개 아치 속으로 미끄러져가는
기차
그들은 어디로 가는지 모르지만,
왜 가는지는 아는 것 같았다

어느 죽음이 이토록 형형한 환영 속으로 달려갈 수 있을지
어느 죽음이 이토록 담담할 수 있을지
고비에서 울란바토르까지
이 별 같은 비애를 가만히 견디고 있는 기나긴 서사가
비에 젖은 어둑한 대낮
기이한 풍경이 끌고 가는 쌍무지개 떠 있는 서쪽
이 세상 같지 않은 기호 속으로 아스라이 사라지고 있었다

노루 꼬리 같이 짧은 초원의 가을
풍장을 끝낸 지평선 너머에서는 마유주가 익어가고
마두금이 우는 이국의 가을 역은 사뭇 기묘하기만 했다

시베츠의 연인

— 북해도에서

거기에 무슨 일이 일어났었는지
여기에 무슨 일이 있었는지

끝없이 내리는 눈은 언제부터 시작되었는지
알 수 없는 은빛 전언이 날마다 쌓여갔다

고양이처럼, 성능 좋은 이어폰이 배달되었다
눈 폭풍처럼 헝클어진 주파수가 겨우 맞춰졌다

누구에게나 뭉크의 절규가 살고 있어
고흐 같은 자화상을 그리게 된다

춥고 외로운 기나긴 밤이 중심을 잃었다
낯선 미소가 손을 내밀어 가만히 일으켜 세웠다

오랜 갈망 설국은 꿈꾸듯 문을 열었다
몇 편의 고독과 몇 편의 동화를 썼던 나라
기억 저편 아주 먼 곳에 있던 나라

병든 몸 지친 영혼 무릎 꿇은 관절에

선물처럼 다가온 시간이 가방을 싸게 했다

감추어두었던 빙점의 온도와 들판의 이지적 고요가
보릿단처럼 꺼칠한 가슴에 미묘한 파문을 일으켰다

가부좌를 하지 않아도
풍경은 세속의 처방을 뛰어넘었다

대책 없는 폭설이 은신처가 된다면
고립은 희망의 또 다른 이름
정지선 없는 은세계는 심연의 은하,
끝 모를 침잠이 주는 나른한 도발

끝없이 내리는 말없는 격려
곪아 터진 벌건 상처를 싸맬 수 있었다
동굴에 가둬버린 아우성이
나팔꽃처럼 터져
비로소 반짝이는 은종을 울릴 수 있었다

억제된 눈물, 단련된 무표정,

온기 얻은 잔잔한 가슴
이전에 없었던 풍요로운 고요를 벅차게 안아볼 수 있었다

그대 있음에
태초부터 영원까지 나는 여기에 있었다

신봉평 당나귀 연가

나와 나타샤가 기다리는 당나귀는
새하얀 눈이었다

동이 아버지와 당나귀가 기다리는
나타샤는 새하얀 달빛이었다

달 아래 모든 꽃은 그저그저 희어
절반의 그리움은 항상 황홀했다

나와 나타샤와 당나귀가 가는 보름
동이 아버지 구성진 노랫가락 달빛에 부서져

소금밭 가득 흩뿌려지듯

굽은 길 저쪽 기다림인 듯,

그리움인 듯

가만가만 인기척 하나

채석강 애가(哀歌)

풍경이 의미를 옭아매 렌즈 안에
각도를 가둔다 울긋불긋
아웃도어 인증 샷, 빛의 속도로 날아간다
세상사 다 그렇게 각을 세우지는 않을 터,
차진 풍경 찰칵찰칵
쇠고랑 차듯 내 안에 가두지는 않을 터

바다 건너, 순례자의 길까지는 아니더라도
어디 한적한 곳에 앉아 설레며 찾아온,
가슴 뛰는 그리움 내려놓고 하루나 이틀쯤
아니, 반나절이라도
텅 빈 적요에 푹 젖을 수만 있다면……
잦은 발걸음에 반질반질 닳아빠진 풍경과
취객의 고성방가와 기름내 진동하는 욕설에
석양은 막걸리 잔에 빠져 허우적거리고
눈 풀린 채석강은
켜켜이 쌓아둔 고서가 왠지 부담스럽다

누천년 철썩인 파도의 운율

물무늬 져 먹여 살린 강변에
자본을 업고 뻣뻣하게 호령하는
길고 긴 방파제는
기어코 시를 잃고 가락을 내팽개쳐버렸다
뿐이랴 지식에 허기진 사람들
신기루에 갇힌 듯
중력 잃은 달 서해에 들자
이태백과 한바탕 몽환에 빠진다
툭툭 옛사람 몇 마디에
무심한 바위 언덕 심사가 뒤틀린다

사람아 사람들아,
장강은 장강일 뿐, 변산은 변산일 뿐
송홧가루 쳐들어올 봄 언덕
갯내 묻어 별 아래 두는 여인아
이화우(梨花雨)에 젖은 달밤
부안 여인의 결기가 그리운 서늘한 나그네
날것 그대로의 풍경에 한사코 스며들고 싶다

제3부

이후

그런 눈물을 평생 보지 못했다
눈물을 심고 살던 사람들,
눈물을 삼키던 사람들
다 토해낸 눈물 폭포수처럼 흘러
아우성쳐도 흔들림 없던 깃발
깃발이 펄럭일 때마다 퍼지는
강력한 파열음에 전율했던 앳된 이무기
빗물처럼 쏟아지던 그 눈물 다 어디로 갔을까
승천한 용을 보신 적 있나요
용을 꿈꾸던 그들은 다 어디로 갔을까요
어디서 여의주의 행방을 좇고 있을까요
얼어붙은 용산의 바람
직선을 꿈꾸는
팽팽한 플래카드 관통하는,
눈물 어린 땅
이무기들만이 남아
그들의 언어에 온기를 더하는 그해 겨울 ―
넘기지 않은 천 일의 이야기
끝없이 이어지는

안녕의 동쪽

그해, 첫눈 오는 소리에
나무십자가소년합창단 노래를 뿌려둘 일이다
소리소리 내리는 눈 소리는
소리소리 질러 내를 지르고
강을 지르고 바다를 질러
아까운 속내를 다 흘러버릴 일이다
아침은 드셨나요
진지는 자셨나요
우리 식 안녕은 이렇게 따신 고봉밥으로 시작되고
굿모닝으로 번역된 언어는
'좋다'는 주례사만 남발할 뿐 네네
속맘은 질질 끌려다니는 벙어리 되어
영영 소리를 못 낼 것이다
땡땡 얼어붙어 고드름이 되었다가
딱딱한 박제가 되고 말 것이다
밸 일 없지라
괜히 주무시시오
우리 식 안녕은 이렇게 아늑해서
어떤 안녕이라도 어머니의 자궁 같은데

'좋다'로 의역된 낯선 이국의
저녁 깃발은 딱딱 이빨 부딪히며
펄펄 소리소리 눈 소리
짐승처럼 고래고래 질러대며
봄이 와도 쉬지 않고
소리소리 내리고 있을 것이다
아직 끝나지 않은 설국의 노래가
설푸른 대지를 누렇게 휘적시며 내달릴 것이다

노쇠한 의자

짠물을 들이켠 나무
바다로 창을 내고
잔잔히 구부려 있다
켜켜이 백태가 낀 오래된 방부제
모서리가 부서지고
다리가 비뚤어지고
위태로움도 삶이라고
가끔은 젖은 신문이 펄떡거리지만
뱃고동을 삼킨 기형의
바다를
콕콕, 내려놓는
비둘기들의 상처 난 다리를
빛바랜 참새 점(占)의 단막극을
기사화시키지 않는다
습기를 더듬는 민달팽이의
노련한 어조도
공원을 가득 덮은
맥문동의 약효도
노인성 침묵에 발효되지 않는

구부러진 것들의 정지된 기침

삐그덕

상기된 서풍이 평화롭다

새해맞이

두 눈 가늘게 뜨고 그대인가 기다리다
관동별곡 틀고 잠 못 자고 서성이다
호모사피엔스라면 한 번쯤 떠나야 한다나
불현듯 마라톤 선수처럼 떠났다
최상이라는 VVVIP석에 앉아
벌겋디벌건
희망이란 묘약 한 사발 받았다.
웬걸,
그러고 보니 작년에도 받았었다.
생각해보니 태어날 때부터 받았었다.
생각해보니 태어나기 전부터 있었다.
생각해볼 필요 없이 그냥 있었던 것이다.
상비약처럼 가지고 다니면서 비타민처럼 먹고
안약처럼 눈에 넣고,
아까징끼처럼 상처에 발랐다.
숨 쉴 때마다 들이켜고 내뱉었다
내성이 생겼을까?
해마다 희망이라 말하고 절망이라 써야 하는
해마다 더 강력한 성분을 첨가해 처방받는

삶이 단순해도, 복잡해도 불가하게 더해지는
백색 가루 같은

그냥……
고요로울 수는 없을까
초침 하나 사이 끝과 처음

낙엽들의 퇴근

구르는 것은 돌만이 아니다

바람 찬 시월 마른 옷 지고
툭툭 방향 묻다 걷어차인 가을
초가지붕이 초식자만의 거처라는
선입견을 버리고
꽉 막힌 시멘트 바닥을 구른다
허기진 부나비처럼 황토 맛 불빛이 그리운 것들
쓰레기 버리고 들어오는 얇은 아낙,
진저리 치는 측은한 눈빛에
파르르 떠밀려
뻘쭘해진 아파트 1층 복도
교대 없는 경비원이 퇴근한 시간
방문객 인증 필요 없는
맘 놓고 들어갈 수 있는 그 시간
돌아갈 집이 있기라도 하는 걸까
떨어지는 것들의 낙하점은
어떻게든 좋아!
어떤 집에라도 들어갈 수만 있다면

바싹 바른 입말 채 끝나기도 전
무표정한 엘리베이터는 습관처럼 문을 닫고
버튼 없는 몸 원근으로 휘돌아
길 잃은 저녁,
점점이 꺼지는 창문들
노숙의 밤은 깊어
서성이는 빈집에 미수신된 수심만

귀 떨어진 낡은 엽서처럼
찌그러진 허름한 문패처럼

나무

제 몸의 뼈처럼 물처럼
동네 구석구석 알던 철물점 세탁소
어디로 갔을까 아까운 사람들
낯선 안부에 골몰하다
덤프트럭 그악스럽게 지나간 자리마다
잘려 나간 가로수
눈앞 공기가 헛헛하다

사람이 집 짓던 때
대목장은 깊게 절하고 나무를 베었다는데
집에게 사람이 읍소하는 지금
어디에다 마음 다해 절을 해야 하는가

고문 기술자처럼 세련된 전기톱
고급스럽게 토막 난 무참한 생들
절단된 제 몸뚱이 바라보는 젊은 외마디
내지르지 못한 오랜 먹먹함
날카롭게 묻혀버린

해제되지 못한, 봉인된 아비규환

무균성 좋아함이 이런 것이냐
나는 무엇엔가 홀린 듯 떠나지 못하고
나무 있던 자리 꾹꾹 눌러준다
지날 때마다 가슴에 손 얹고
대목장 대신 깊게 허리만 숙일 뿐
'용서'란 말 쉽게 나오지 않는다

윷의 몽상

반복되는 길거리 퍼포먼스
바짝 마른 중년 넘은 사내
동공 풀린 윷가락이 일사불란하다

그의 눈에만 보이는 그들
크지도 작지도 않은
노련한 추임과 구시렁거림
상처 혹은 기쁨?
줄 타는 미생의 양끝은 언제나
모 아니면 도,
그는 그의 생 어느 시점에 있는 것일까

후 두 둑, 네 개의 윷이 가는 세상
사내의 세상은 어떤 것일까
편짜기에 급급한 세상
길 위에 판 벌려 너를 그리는
혼자서 주고받는 세상
어머니 자궁에서 알기나 하였을까

향기로워라, 꽃비처럼 흩날리는 춘설
어머니, 그의 봄은 봄[春]이 아닐까요
옻이 춤을 춘다 샤갈의 그림처럼 사내가 들린다
산 넘고 들을 지나 바다를 돌아
워낭 소리 들리는 마당에 선 소년……

괜찮아, 괜찮아 잠시 몽환에 젖어보는 것도

스마트한 억새

지난가을 휘청이는 억새들 틈에서
'I miss you!'로 시작한 인터넷의 어떤 연서를 생각했다
어쩌면 그리도 연애를 잘 하는지,
단도직입형 돌직구를 날리는 K는
휘어지는 P를 당해낼 수 없었다
작자 미상의 쌍화점은 그래도 나은 편이었다
출처가 불분명한 조작된 연서
혼을 빼앗기는 히히덕 씨들
퍼 나르는 사랑에 맞장구치는
남과 님 사이 벌어지는 거룩한 통음
확대경을 들여다보며 도수를 맞춰본다
사주팔자대로 사는 게야 타고나야지!
딱, 잘라 말하는 관상쟁이
저문 들에 저 혼자인 K는
허연 억새 머리칼 쑥 뽑아 내던지며 쳇!
충혈된 눈에 인공 눈물을 넣어가며
인터넷 연애학 질척질척 질척이고 있다

회춘한 억새들 살 부비는 스마트해진 언덕
바람 따라 길게 날아가버린 체온 잃은 아날로그적 문장
누가 달밤을 update하고 있나

틈

침대를 타고 가던 흰나비 한 마리
여름 한 날을 하얗게 펄럭인다
스카이라인은 주가가 폭락하거나 말거나 불황이 없다
차용증 하나 없이 햇볕을 밟고 블록 쌓기에 골몰해 있다
장대높이뛰기 선수처럼 더 높이 더 높이를 외친다
어느새 정글 숲이 되어버린 건물, 들
틈. 햇살보다 주름살이 더 많은 원주민은
빛보다 볕에 목마른 사람들
그 언제 침대를 탄 채 당당하게 일광욕을 해보겠는가
펄럭이는 빨랫줄 사이사이 소박한 무지개를 걸어보겠는가
지친 삶 두 눈 가득 하늘을 넣고 들판에 누워보겠는가
도시의 삶이란 늙은이들의 햇볕을 옥상으로 밀어 올려
플라스틱 박스나 스티로폼 박스에서 아슬아슬하다

퍼드덕거리는 정오, 녹슨 계단 따라
삐걱삐걱
좁은 창으로 들어온 수리되고 싶은 햇볕
안으로 안으로 그리움 닫아걸고
옥상과 옥상을 탐닉하는 한 마리 하이에나가 된다

오늘처럼 불현듯 그리우면

휘어진 길마다 쉼표가 되는 섬길
낯선 이방인의 탄식이
한 방울 이슬로 여기저기 맺혀 있다
아침이 안개처럼 조용히 스며드는 작은 섬
떠나간 아이를 봉인하고 있는 여인아
오늘처럼 길을 가다 불현듯 그리우면
출렁이며 어디서나 울어버려야만 한다

호수 같았던 바다 파도치는 격랑 속에
밀물 되고 썰물 되어 흔들리는 세월
수많은 날들 셔터 속으로 잠기고
바다를 떠돌던 노랑나비 한 마리
빗장 밖을 날다 잊히어가는 초조에
젖은 날개 힘없이 파닥이고 있다

현상되지 못하는 노숙의 나날이여
상처라 말할 수조차 없는 사랑이여
언어는 한계에 이르고 타전할 수 없는 눈물은
닻 내린 가슴 밑바닥 뱃머리에 묶이어 있다

누가 세월을 약이라 했는가
너와 내가 주저리주저리 사랑한 세월,
세고 세어도 끝끝내 셀 수 없는 세월

바다는 그날을 유언처럼 곱씹고 있겠지
섬은 부식되는 어지러움 소금에 절이며
가라앉은 바다를 팽팽하게 붙잡고 있겠지
얼마를 더 가야 노랑나비 잠들 수 있을까
찔레꽃 더듬어 노랑나비 찾는 여인아
오늘처럼 길을 가다 불현듯 그리우면
출렁이며 어디서나 실컷 울어버려야만 한다

생경한 거리, 그리고 윤회

전생의 이력과 이생의 이력이
제 몸을 더듬어 천천히
기억의 회로를 건너온다
길과 길들이 부딪칠 때
거기서 마주친 얼굴이
낯설지 않다, 어디서 보았지

줄기세포 바이오칩이 박혀
백만 번도 더 산 사내
매트릭스 고원을 떠도는 영혼을
컴퓨터 그래픽으로 정지시켜놓고
정교하게 수록되어 있는 이생과 전생을
직각에 가까운 눈길에 맞추고 있다
어린 시절 눈이 마주친 개구리와
뒷동산 허리 굽은 할미꽃과
물장구치고 놀았던 물방개와
날개 다친 제비와의, 어디서 만났더라

휘날리는 눈발까지 인연의 바람으로 붙잡아

복잡한 뇌세포를 일렬로 정렬해보지만
착란과 착시의 유랑, 끝내 또 다른 기억의 유랑에 빠지는
생경한 거리들만 전생과 이생 사이로 출렁출렁

한밤의 모놀로그

칠흑을 가르는 비명이 앙칼지게 찢어진다
예리하게 잘리는 여자의 술
깊은 밤이 무안하다
— 저런, 무식하게!
했다가 고성이 진화될수록 안주에 빠져들고 있다
나가 죽으라 했다 그냥 죽여달라 했다
클라이맥스로 오르는 2인극에 대사는 오로지
술뿐. 남자는 없다
— 무슨 저런 시나리오가 있나
했다가 펄펄 끓는 도수 높은 술에 완전히 취해갔다
너 때문에 신세 망쳤다는 헤비메탈급 발성에
— 와장창
샅바 잡은 육두문자가 박살이 난다
점점 커지는 무차별 효과음
밤의 진동은 진도 5.6, 아파트 벽이 흔들리고 있다
남자는 한마디 말이 없다
한여름 모기장 같은 50개 창문도 말이 없다
다 저러고 사는데

달은 열대야에 걸려 희부연 입김을 내몰고 있다

들고양이도 자정을 건너간 지 오랜 골목
버둥버둥 술 취한 가로등에 매달린
꿈 많은 하루살이들 귀가를 잊고 흔들리고 있다

울대가 아프다
아파도 좋으니 저럴 수만 있다면
군내 나는 입 매화나무 둥치 아래 썩어버린
밤을 팬 두 눈이 보리 이삭 같다
다들 저러고 사는데

벽 속에 갇힌 비명

벽 속에 갇힌 입이
혀 없이 혼자 떠든다
소리가 새가 되고
숲이 되고 하늘이 될 때까지
그리고 건반이 될 때까지
고양이처럼 앵앵인다
고양이가 발로 차는 건반은
벽 속에 갇힌 혀보다 명징하다
벽 속에 소리를 가두고
입을 비운다
혀가 강철이 되는 일은
피아노 건반이 더 잘 안다
비명이 끌고 가는 고양이는
피아노 속으로 들어간다
제물보다 더 두려운 벽장
노을이 시커멓게 동굴이 될 때까지
비명을 노래로 바꾸는 고양이처럼
고양이가 발로 치는 피아노처럼
무엇이든지 제물로 만드는 벽장

차려도 차려도 상쇄되지 않을
지워도 지워도 남아 있을
평생 고양이 발자국처럼 따라다닐,
생의 해질녘까지 해제되지 못할
붉은 낙관

우리는 재생될 수 있을까

비열한 아픔이 방 안을 파고든다
맑았던 하늘에 구름 낀
타다 남은 재 같은 가슴에
제도 속 아픔들이 술술 입술을 턴다
흐르기 위해 물은 가지만,
넘어가지 않으면 안 될 산이 목줄 타고
심연에 잠긴 응어리진 침묵이
강둑 터지듯 목이 터져라 토설한다
밤이 길어 아픈 짐승이다
낮이 길어 슬픈 짐승이다
울부짖는 짐승들 오늘, 아니 내일
처음처럼, 사이좋게 알코올에 빠져든다
아름 따다 가실 길에 뿌리운,
정든 임의 발자국도 술에 젖어 있다
농담처럼 진한 키스 후 사랑에 빠지고,
진담처럼 사랑을 가볍게 저버린다
허름한 계산서는 숙취의 고통에 울부짖는다
아무렇게나 살지는 말자고 했던 취기가
취기 오른 아무렇게나 삶이

아무렇게나 길바닥에 널브러져 있다

징허다

자기장 안에 갇힌 광장

오래된 풍경을 공유해왔지만 서로가 낯설다
낯익다고 생각한 구호와 열창이 낯설다
하룻밤 사이 변신해버린
딱딱한 벌레처럼 외쳐보지만
달팽이관을 관통해온 소리는
단말마처럼, 움직인 댓글처럼, 스킵해버린 광고처럼
무용하거나 유용한 것들이 옹알이하는 거리는
엄마젖을 찾는 유아처럼 골목길을 찾는다
광장으로 나왔던 사람들이 골목길로 돌아가고 있다
사이사이 마임 벽이 있는 것처럼 허우적거리는 사람들
머리를 싸매고 편두통에 걸린 사람처럼 울부짖는 사람들
건물 물관을 통해 양분을 공급받고 사는 사람들
광장에는 집중되지 않는 공명이 자기장처럼 퍼지면서
사람과 사람을 극과 극에 서게 한다
좀비처럼 하루 종일 망치질을 하고 서 있는 광장은
무엇을 부수겠다는 것인지
무엇을 붙이겠다는 것인지
협소한 거리 예술 고개가 아프다
친숙했던 광장은 이제 유물이나 유적이 되었다

도시국가의 아고라를 바라는 건 무리였을까
낯선 사람들과 낯선 구호만이 어지러웠을 뿐
무엇 하나 제대로 얻은 게 없다
단지, 붉은 악마들만이 추억을 회고할 뿐

시(詩)차례, 꽃차례

찔레꽃 뚝뚝 진 자리, 줄줄이 줄장미 앉아 있다

봄은 휙 — 참새 날갯짓 같아
와아아 곤두박질쳐
벚꽃이야, 진달래야, 어느새 라일락
산사다, 때죽이다, 어느새 아카시아 뒤엉켜 저저 저
말더듬는 봄.
칠월이면 불타는 저 장미 사월을 불 지르네.
울타리 마디마디 턱 고인 저 꽃
시(詩)점 잃고 헤매며 꽃길 찾는 봄봄
잃어버린 온도 활짝활짝 켜지는 근심 어린 계절
헛헛한 웃음 남산만큼 커졌네
조팝꽃 찔레꽃 한바탕 놀고 간 하얀 꽃자리
붉은 꽃물 들어 절창이기는 한데

꽃 피는 차례마다 시회(詩會)를 열자던 옛 님
꽃도 없고
님도 없고

슬그머니 어지럽다
시(詩)차례, 꽃차례

제4부

시절(詩節)을 털다

얼마나 갑갑했을까
와르르 햇살처럼 쏟아지는
유년의 뜰 그리며 채집한
지난가을인가 지지난 가을이었던가
잊혀진 한 줌 꽃씨, 꽃말
재잘재잘 갈피마다
깨 털리듯 까르르 깔깔 뛰쳐나오는
봉인된 그리움
내 마음도 누런 감옥
피지 못한 시어들 난분분한데
이 왁자한 웃음을 어쩔거나
그리울 때마다 꺼내라는
시절(詩節),
시절(詩節)들

온 봄이 점점이 환해온다

풀씨

가을을 헤집어
다람쥐처럼 풀씨 하나 묻어둘 일

기차가 달맞이꽃 차표를 쥐고
정해진 길 밖으로 달릴 때까지
매캐한 잠이 의자에 앉아
두 눈을 굴리며 긴장할 때까지

제1호 칸에서 여인의 큰 소리가 나고
더 큰 남정네가 소리를 받아 차창으로 던질 때까지
긴장된 차표가 파르르 떨고
떨면서 바라본 고무신 한 켤레가
단호한 코를 우뚝 세우고
철길을 벗어나고 있을 때까지

낡은 기차 바퀴 속 가을이
적조 현상으로 가득한 영산강을 벗어나
풀씨를 묻을 수 없어 그만 철퍼덕 지나쳐버린

제2의 시작
그래서 아름다운 풀씨, 제멋대로 어딘가로
날아가버린

꽃 안부

— 얘, 순심아! 가마 기울어진다.

아카시아 꽃이 가마 위로 흐드러지던 날
순심이 언니는 시집을 갔다 나는
어른들 틈에 낀 기울어진 꽃가마 틈,
가시처럼 돋아난 흐느낌에 찔렸다

그 흐느낌은 내내 강물처럼 내게로 흘러들었다
습관처럼 피는 꽃 속엔 늘 가마가 흔들리고
해마다 크는 눈 끝엔 봉긋한 언덕이 생기고
6월의 고독이 가슴을 후벼 팠다
뚝뚝 새하얀 모스 부호가 날릴 때마다
장미가 말을 배울 때마다, 헛헛한 꽃입만이
구름 한 점 없는 하늘을 소리 없이 메웠다

얘, 등 뒤에서 부르는 소스라치는 꽃들
이젠, 버릇처럼 가만히 앞만 보고 있는
흔들리며 글썽이는 꽃 안부를 본다

찔레꽃 문득

너는 오래전부터 거기 있었을 터
앞만 보고 달리는 사람들 틈
너는 너의 꿈 슬프도록 조용히 키웠겠구나

누가 불러주지 않으면 이름조차 없는 세상
차가운 파이프 담장에 기대어
싸늘한 가슴 부비며
날마다 서러운 꿈 하얗게 키웠겠구나

서러워 마라
흙을 안고 사는 모든 것들은 서럽나니
우리가 흙으로 난 자식이요
흙으로 돌아갈 운명을 이미 알았나니
한 송이 꽃이 피거든 활짝, 환하게 웃어야 할 일

호수를 떠다니는 물오리 떼 다리를 보았는가
너 역시 흙 속에서 물오리 떼처럼 헤엄쳤나니,
부단히 살아온 사계
흙을 안고 산 자들의 깊고 긴 노역

한 송이 꽃이 피거든

우리 서로 토닥이며 뜨겁게 포옹해야겠구나

순백의 향기 폭죽처럼 터뜨려
흙이 가져다준 생명 노래 하얗게 불러야겠구나

문득이 주는 발견의 오월,
길게 뻗어가는 서러웠던 하얀 문장

길고 시린 무명(無名) 한사코 벗어버렸겠구나
훌훌 긴 담장만큼 한바탕 축제겠구나

폐가에 새살 돋았네

스러져 뒤틀린 아귀에서
앙칼지게 날 세운
싸구려 장판 쪼가리에서
봄맞이꽃처럼 뒹구는 아기 냥이들
한 줌 햇살에 눈 녹이는 솜털
경계를 모르는 낮은 포복과
젖살 가득한 동그란 두 눈
숭숭 바람 불어 얼어붙은 한겨울
아무도 없는 빈집
먼지 수북한 빈집,
축축한 빈집,
삐거덕거리는 빈집,
회색빛 하늘 같은
발길 뚝 끊긴 버림받은 집,
그래서 포근한 즐거운 나의 집
젤리 핑크 발바닥에 깃댄
모를수록 좋은,
저들만의 마다가스카르
폐가에 새살 돋았네

달맞이꽃

이슬에 걷어차인 달을 보았니?
세상이 약간 기우뚱거리면
역할이 달라지더라
잠깐만 지구를 들고 있을래?
헤라클레스의 꾀에
아틀라스는 영원히 하늘을 지고 있어야 했어
달맞이꽃이 달이라고 생각한 사람이
너무 많아
이슬에게 잠깐만
달을 물고 있으라고 했지
그러나 바지 끝 운동화는 알고 있었어
그 달이 그 달이고
그 꽃이 꽃이라는 걸,
이슬이 논두렁 길게 꿰어도
기우면 차오는 행성이 아니라
다시는 되돌아올 수 없었던 동화의
마지막 운행이었다는 걸

섬광처럼

전등사 나무 아래 잠든 시인 찾아
이 가을을 어쩌면 좋겠느냐 토로하는데
시인은 병상에서도 쓰고 싶었다는데
제자 손바닥에 손톱 세워 한 자 한 자
마지막까지 썼다는데
일렁이는 가을 붉게 미쳐가는데
저물도록 나무 행간 읽다 일어서는데
난데없이 수풀에 내동댕이쳐지는데
야무지게 고꾸라지는데
꽃무릇 꺾어 찾아왔는데
툭, 툭 달그림자 털어내는데
으앗, 도꼬마리다

섬광처럼 꽃 피는 것 보았다는데

붉은 꽃 가만히

종이꽃이 피었다
집 안 곳곳에 곰팡이처럼 피었다
가시연꽃처럼 앙칼져 쓰다듬을 수 없다
부적처럼 여기저기 붙어 있다
침묵이 꽃 위를 떠돌다
스무 명 남짓했던 식구들
하나둘 사라졌다
막이 내린 무대처럼 적막하다
회색 구름 사악 옷자락 휘둘자
대문 드나들던 발자국 소리
점점 잦아든다 할머니는 기척이 없다
모방에 갔다 할머니 방으로 갔다
광을 기웃거리다
저 꽃이 어디서 왔나
왜 우리 집에 피었나
무연무취 붉은 꽃이 뿜어낸
강한 독성에 가만히 숨이 막힌다

고모나무

탱자나무 울타리 개구멍 옆에
오동나무 한 그루 우뚝 섰다
개구멍 나서면 계곡
와자한 은빛 물장구 여름마다 튄다
철벙이는 물소리
문득문득 펄럭이는 오동잎
막내 고모 시집갈 때 장롱 만들 거란다
고모는 키가 작은데,
복숭아밭 껑충 올라 언제나 장대하다
장검 짚고 서 있는 장군 같다
탱자나무 애벌레 무서워 벌벌 떨 때
어둑한 복숭아밭 지날 때
대문 들어설 때
고모는 항상 그 자리에 있다
오동나무 오동오동 우는 가을
고모는 시집을 갔다
오동나무는 그대로 두고 갔다
탱자꽃 환한 고모나무 지나면

고모가 항상 불쌍했다

보랏빛 오동 꽃 훌훌 날자
할머니는 보기 싫다 베어버리라 했다
고모를 어디 가서 보나
흙먼지 일어 기운 마당
컥컥, 가시 박힌 기침만 가득하다

6월의 동화

동쪽으로 흘러 푸른 여인들
새하얀 앞치마에 그림 그린다

꽃그림 하나둘 찍혀 나와
동그란 세상에 둘러앉는다

유월 유두(流頭)* 어머니
꽃 그리는 세상

아이야, 아프지 마라
맨드라미 빨갛게 노랗게
꽃보다 어여쁘거라

뜨거운 6월의 태양
가지런히 앞치마에 두 손 모으는
젊으신 어머니
함함하신 마음 깊은 기도이어라

* 유두(流頭) : 음력 6월에 지내는 세시풍속 중 하나.

시간의 추적자

견우의 뒤를 따르다 길을 잃었다 칠흑 같은
어둠은 항상 전설의 배경이었다 직녀들의
합창이 강 건너에서 별똥별이 되었다 길을
잃은 것은 따르는 자만이 아니었다 직녀들의
베틀 소리에 별들은 중심을 잃고 강줄기를
놓쳐버린 후 견우의 슬픔은 그냥 검을 뿐이었다

소녀들은 세숫대야에 물을 떠놓고
먹물을 풀어 두 전설을 이어주려 했다 베틀
쿡 베틀 쿡 직녀들의 노래가 강을 건널 즈음
해오라기 차올라 견성하기를 견우상 견우상
하룻밤의 전설은 천년의 꿈, 함부로 하늘의
시간을 재지 말아라

시간의 노을이 세숫대야에 가득 차
소녀들의 새벽잠을 그리워하리

별

잎사귀 공부하러 들로 나가 신바람이다
작은 잎부터 큰 잎까지
풀잎부터 나뭇잎까지
냇가에서 웅덩이까지
갖가지 이파리가 신바람이다
사진 찍으며 신바람이다
자연은 늘 신바람이다
딱딱한 교실로부터 자유가 신바람이다
책으로부터 탈출이 신바람이다
누군가를 눈여겨보고 사랑함이 신바람이다
신바람에 달뜬 아이들 신발 벗고
웃옷 벗고 뛰며 소리치며 뒹굴며
상기된 얼굴 또한 신바람이다
수풀 헤치는 고사리손이 신바람이다
저녁노을 붉어져 신바람이다
아이들은 온종일 나보다 힘없는 것들을 사랑하며 신바람
이다
밀레의 저녁 종을 생각하며 신바람이다
이른 달이 서녘에 서성일 때 잠자러 가는 나뭇잎

신바람에 건들자 아뿔싸!
손톱만 한 보랏빛 나비들 후루룩후루룩
밤하늘 별처럼 쏟아져 신바람이다
와와!
산 넘던 노을 깜짝 놀라 나뭇가지에 걸린 줄 모르고
아이들은 나비 쫓기에 정신이 없다
그날 밤 아이들 꿈은 온통
장자의 나비가 하늘 가득 날아다니는 신바람이다

쑥아, 미안해

강화 사기리로 들 공부 갔어요
바구니만 가지고 갔어요
승희는 유치원에 다녀요
일학년 언니 따라 왔어요
쑥을 자르며 눈물 글썽거려요
언니 오빠들 놀림에 꾹 눈물 닦고
쑥을 캘 때마다 "쑥아, 미안해, 미안해."
승희 언니 미희는
이렇게 이쁜 쑥은 절대로 먹지 않을 거래요
집에 가면 꽃병에 꽂아둘 거래요
논두렁 끝 현호색 투구 벗고
아이들 이야기 다 들었어요
이리 와
아이들이 우루루 달려갔어요
이 세상에 태어나 처음 찾은 들꽃에 홀딱 빠져
쪼그려 보다 엎드려 보다 드러누워 보다
이렇게 이쁜 꽃이 밟혀 죽을까 봐
들길을 함부로 걸을 수 없겠다고 해요
덤불 헤치면 나오는 작은 새싹들

아이들은 흙이 제일 부럽다네요
자기들은 할 수 없는 새싹을 키웠다나요?
고사리손에 흙 묻고
바짓가랑이에 덤불 묻힌
봄날, 쑥쑥 자란 아이들
— 승희야 미안해하지 마
작은 쑥이 쑥 일어나 씩씩하게 말해주네요

고마운 일

희동이는 산만하고 떠들기를 좋아한다
여자아이들을 괴롭히고 즐거워한다
항상 지각을 하면서도 큰소리친다
수업 시간이면 책상 위를 제멋대로 올라다닌다
질문엔 언제나 제일 먼저 손을 든다
큰 소리로 답하지만 대부분 틀린다
커다란 두 눈에 스치듯 이슬 맺힌다
아!

야외 수업을 갔다
희동이는 여전하다
나무를 안아보고 글을 쓰라 했다
선생님 안아주세요
꼭 안아주었다
언덕을 오르고 글을 쓰라 했다
다리가 아프다고 했다
업어주마 했더니 얼른 업힌다
등에 귀를 대보라 했다
살그머니 귀를 댄다

말소리 노랫소리를 들어보라 했다
다소곳이 잠이 들었다

희동이는 떠들지 않는다
여자애들도 놀리지 않는다
항상 일찍 와 있다
얌전히 의자에 앉아 있다
글쓰기를 하면 두 눈이 별처럼 반짝인다
꼭 다문 입이 빨간 연필에 힘을 준다

고맙다
이런 일이 참 고마운 일이다

낯선 시간, 붉은 시선

초가을 와자한 함성 스펀지처럼 흡수해버린 운동장
습기처럼 달라붙는 이른 아침
칸나의 신음에 파르르 솜털이 긴장한다
푸드덕푸드덕 칸나 이파리
날개 다친 듯
장난치지 마, 화단을 울리는 금지된 고함
파득파득 몸부림치는 칸나
어지께 이장네 논에 농약 쳤다등마
새파랗게 질린 물푸레나무
운동장 만국기 펄럭이는 사이
신나게 날던 제비 한 마리 끝내 보이지 않았다는
누렇게 익어가는 들녘
제비 따라 동화처럼 되고 싶었던 아이
뒤통수를 맞은 듯 훌쩍였다는
세마포처럼, 하얀 손수건에 고이 싸
동화가 피고 지는 칸나 곁에 묻어주었다는
몇 날 며칠 신열에 시달렸다는
기어코 칸나처럼 붉은 달거리를 해버렸다는
텅 빈 가을 들녘
애먼 바람 횡 ― 꺼풀 하나 훠어이 날아올랐다

124

지상의 아픔을 이겨내는 천상의 노래

이승하

시의 역사를 헤아려본다. 동양에서는 『시경』으로부터 시작되었다고 한다. '책'이란 것이 귀했던 시절, 공자는 민중 교화에 도움이 되는 읽을거리를 만들고 싶었다. 명절이라 귀향길에 오르는 제자들에게 당부하였다. "고향의 고로(古老)를 만나면 민요를 들려달라고 하고 그 가사를 채록해오게." 이렇게 해서 기원전 470년경에 3천 몇백 편의 민요가 채집되었고 이 가운데 305수가 시집으로 묶였다. 서주(西周) 초기(기원전 11세기)부터 춘추시대 중기(기원전 6세기)까지 500년 동안 전승된 노랫말을 모은 책에서 시가 출발하였다. 지방의 풍습이나 사람들의 생활 감정을 노래한 '풍(風)'은 160수에 달한다. 남녀 간의 애틋한 정과 이별의 아픔 등이 아주 원초적인 목청으로 소박하게 그려져 있는 연애시가 가장 많은 편수를 차지하고 있다. '아(雅)'는 궁궐에서

연주되는 곡조에 붙인 가사로 당연히 귀족풍을 띠고 있는데, 조상의 공덕을 노래하는 서사적인 시 105편을 말한다. '송(頌)'은 종묘의 제사에 쓰이던 제문 비슷한 악가(樂歌)로 총 40편이다. 그런데 뜻밖에도 『시경』에는 정치 상황을 비판하는 현실참여시가 적지 않게 나온다.

제자들은 스승의 명을 받들어 『시경』을 열심히 필사하였고, 이 필사본 시집은 널리널리 퍼져 나갔다. 세월이 좀 흐른 뒤에 『논어』를 쓰면서 공자는 "詩三百一言以蔽之曰思無邪"라고 썼다. 즉, 시 300수를 읽고 읽고 또 읽으면 한마디로 말해 생각함에 삿됨이 없어진다는 뜻이다. 삿됨, 사특함, 나쁜 생각 같은 것이 사라진다는 뜻이다. 이것이 동양 최초의 시론이다.

김금희 시인의 시집 원고를 읽으면서 "思無邪"를 떠올린 이유가 있다. 영혼이 정화(精華)된다고 할까, 언어가 정화(淨化)되는 신선함을 감지했다고 할까, 사악해지려는 마음속으로 부끄러움이 몰려오면서 어떤 슬픔 뒤에 카타르시스를 느꼈다고나 할까. 그리고 김금희 시인의 시에는 '風'과 '雅'와 '頌'의 요소가 다 들어 있다. 소재적인 측면과 주제적인 측면, 또한 표현의 측면에서 살펴보아도 그렇다. 일단, 시집의 첫머리에 실린 시에 주목하지 않을 수 없다.

봄 춘(春) 자가 아득히 싹 틔운다는 기별을 받았지요
춘란(春蘭)이 훈훈해진 베란다 부추김에
빠끔히 창밖으로 기울기하고요
겨우내 유리창에 겨우살이한 성에처럼 부연 창은 또 어떻

구요
　　내리쬐는 이른 볕에 나른해진 개나리
　　제멋대로 휘어 감긴 틈새
　　꽃 따 먹었다인지 꽃 다 먹었다인지
　　참새들 들락날락 째째거리는
　　엉거주춤 햇살 사이 그녀
　　비쩍 마른 몸에 제 키만큼 키운 긴 머리칼
　　양 갈래로 다소곳이 묶어서는
　　의류수거함 뚜껑 열어젖히고
　　민들레 진달래 꽃사과
　　들로 산으로 봄 마중 꺼내 들고 있네요
　　그녀와 봄
　　어떤 기호와 기호 사이일까요
　　　　　　　　　　　　　—「어떤 기호와 기호 사이」 전문

　　언뜻 보면 참으로 평이한 봄노래다. 이 시의 '그녀'는 봄맞이
에 부산하다. 그녀는 "비쩍 마른 몸에 제 키만큼 키운 긴 머리
칼"을 "양 갈래로 다소곳이 묶어서는" 무엇을 하고 있는 것인
가. 의류수거함 뚜껑을 열어젖히고 봄옷을 찾고 있는 그녀는 민
들레, 진달래, 꽃사과를 찾아낸다. 행동거지로 보아서 걸인 같
다. 그녀는 "들로 산으로 봄 마중 꺼내 들고" 즐거워하고 있다.
봄옷을 찾아서 입고는 스스로 봄이 된 그녀인 것이다. 이 시는
밝은 내일을 암시하고 있다는 점에서 희망의 노래다. 그러나 그
다음 시는 다른 종류의 봄노래다.
　　전남 구례군 산동면에 가면 매천사(梅泉祠)가 있다. 매천사는

한일 강제 합병을 비관하여 절명시를 남기고 음독자살한 우국
지사 매천 황현 선생의 위패를 모신 사당이다.

> 산동, 산동 외다 보면 떠오른 이름 하나
> 매천 선생 걸음 따라 걷게 되는데,
> 어디선가 선생의 큰 기침 금방이라도 들릴 것 같아
> 이리저리 고개 돌려 찾아봅니다
> 산동 처녀 머리에 노랗게 핀 산수유
> 먹먹한 그리움 쩔렁쩔렁 울리고 있네요
> 바다 건너 저 멀리 그리운 이 귓가에 머물까
> 노란 꽃가루 날려 보내주네요
> 보릿고개 넘어 산수유 따다가
> 이팝에 배 채우라
> 가난한 백성들 걱정하던 매천 선생 도포 자락
> 아스라이 꽃가루 되어 넘어가네요
> 노란 우체국 노란 우체통에
> 산수유 그리움 넣고 가는 날
> 온 들판에 노란 안녕이 자지러지네요
>
> ── 「산수유 마을에서」 부분

  시인은 어느 봄날, 산동에 가보았나 보다. 그 마을 처녀의 머
리에 산수유가 꽂혀 있었던 것일까. 노란 산수유로 뒤덮인 산동
의 마을에서 숙연한 마음을 갖게 된 이유가 있다. 그곳에 매천
사가 있었기 때문이다. 산수유 마을의 봄 풍경에 취한 것이 아
니다. 시인은 "가난한 백성들 걱정하던 매천 선생 도포 자락"
이 "아스라이 꽃가루 되어 넘어가"는 것을 환시한다. 보릿고개

의 기근 무렵에는 산수유 열매도 여물지 않는다. 배곯으며 보릿
고개를 넘어야만 흰 쌀밥과 익은 열매라는 희망을 수확할 수 있
다. 가난만 문제였던가. 우리 근대사는 기실, 일본의 식민지 지
배로 피로 얼룩져 있었다. 시인은 매천을 추모하고 돌아온 뒤에
는 한국 현대사를 생각할 기회도 갖는다.

> 제 몸의 뼈처럼 물처럼
> 동네 구석구석 알던 철물점 세탁소
> 어디로 갔을까 아까운 사람들
> 낯선 안부에 골몰하다
> 덤프트럭 그악스럽게 지나간 자리마다
> 잘려 나간 가로수
> 눈앞 공기가 헛헛하다
>
> 사람이 집 짓던 때
> 대목장은 깊게 절하고 나무를 베었다는데
> 집에게 사람이 읍소하는 지금
> 어디에다 마음 다해 절을 해야 하는가
>
> —「나무」 부분

　제 몸속에 들어 있는 것과 다름없이 소중했던 사람들과 상점
들이 사라져버린 동네에서 다시 볼 수 없는 것은 이들만이 아니
다. 가로수마저 베어지는 동네 풍경이 살벌하게 펼쳐진다. 사람
이 들어가 살 집에 소요될 나무를 베면서 큰절을 올렸던 옛날과
달리 지금은 큰 집을 지어놓고 집의 기세에 짓눌려 사는 인간의
왜소함을 시인은 개탄한다. 시를 여기까지 읽을 때는 잘려 나간

가로수를 보고 왜 "동네 구석구석 알던 철물점 세탁소/어디로 갔을까 아까운 사람들"을 연상한 것인지, 궁금증이 해소되지 않는 것이었다. 그런데 시의 후반부를 보면 잘려나간 가로수가 상징하는 것이 민주주의를 갈망하는 시민 혹은 서민들임을 알 수 있다. 그것도 억울하게 잡혀가 고문 끝에 사라져간.

> 고문 기술자처럼 세련된 전기톱
> 고급스럽게 토막 난 무참한 생들
> 절단된 제 몸뚱이 바라보는 젊은 외마디
> 내지르지 못한 오랜 먹먹함
> 날카롭게 묻혀버린
> 해제되지 못한, 봉인된 아비규환
>
> 무균성 좋아함이 이런 것이냐
> 나는 무엇엔가 홀린 듯 떠나지 못하고
> 나무 있던 자리 꾹꾹 눌러준다
> 지날 때마다 가슴에 손 얹고
> 대목장 대신 깊게 허리만 숙일 뿐
> '용서'란 말 쉽게 나오지 않는다
>
> — 「나무」 부분

관청에서는 서울 시내 가로수들에 대해 1년에 한 번, 새봄맞이 가지치기를 한다. 가지치기를 한 가로수의 모습은 비참하기 이를 데 없다. 사지가 잘려 나가 몸통만 남은 기형적인 모습이다. 전기톱을 보고 시인은 고문 기술자를 연상한다. 그에 의해 "토막 난 무참한 생들" 중에는 박종철 군이 있었다. "날카롭게 묻혀버린/해제되지 못한, 봉인된 아비규환"의 나날이 있었건만 고문 기술자 중, 또 그들을 움직인 위정자 중 사과를 한 사람은 아무도 없었다. 시의 마지막 문장이 의미심장하다. 시치미를 떼고 있는 그들인지라, 아무리 세월이 흘러갔다고 한들 '용서'가 되지 않는 것이다.

> 그런 눈물을 평생 보지 못했다
> 눈물을 심고 살던 사람들,
> 눈물을 삼키던 사람들
> 다 토해낸 눈물 폭포수처럼 흘러
> 아우성쳐도 흔들림 없던 깃발
> 깃발이 펄럭일 때마다 퍼지는
> 강력한 파열음에 전율했던 앳된 이무기
> 빗물처럼 쏟아지던 그 눈물 다 어디로 갔을까
> 승천한 용을 보신 적 있나요
> 용을 꿈꾸던 그들은 다 어디로 갔을까요
> 어디서 여의주의 행방을 좇고 있을까요
> 얼어붙은 용산의 바람
> 직선을 꿈꾸는
> 팽팽한 플래카드 관통하는,
> 눈물 어린 땅
> 이무기들만이 남아
> 그들의 언어에 온기를 더하는 그해 겨울 —
> 넘기지 않은 천 일의 이야기
> 끝없이 이어지는

—「이후」 전문

'용산 참사'의 비극을 다루고 있다. 사망자가 있었고 부상자가 있었다. 가해자가 있었고 피해자가 있었다. 공권력이 있었고 희생자가 있었다. 이 "눈물 어린 땅"에서 이런 끔찍한 비극이 끝없이 되풀이되고 있다. 용산(龍山)이라는 지명의 한자 '龍'에서 착안한 시인은 용과 이무기와 여의주라는 시어를 동원, 현실을 풍자하고 정치 상황을 비판한다. 상황과 인간에 대한 연민의 정이 진하게 감지된다. 시집 전체를 통해 근·현대사의 아픔을 다룬 시는 이 정도고, 시인은 주로 인간의 생로병사에 집중한다.

> 귀 떨어진 나무 계단이
> 진한 옻을 입고 새것이 되어 있다
> 헌 단추처럼 하나씩 하나씩 채워진
> 나선형 계단을 밟고 커피숍 문을 민다
> 지금 막 진단받은 갑상선 암덩이, 오래 버텨온
> 목구멍 깊은 계단에 무슨 약칠을 해야 새것이 될까
> 깊게 빨아들이듯 정지된 시간
> 세상에 유서를 쓰는 펜대처럼
> 툭툭 발바닥을 쳐보며 의자에 앉는다
> 갓 갈아준 진한 원두커피 한 잔
> 갱지 같은 누런 설탕 듬뿍 집어넣어
> 기포 하나 남김 없이
> 혈관 속으로 수혈한다
>
> ―「뜨거운 옹이」 부분

이 시의 화자는 갑상선암 선고를 받은 뒤에 커피숍 문을 열고 들어간다. 암담한 심정으로 커피를 시키고 "세상에 유서를 쓰는 펜대처럼/툭툭 발바닥을 쳐보며 의자에 앉는다". 차 한 잔이 "목구멍 안에서 뜨겁고 환해질 때" 화자는 "창문 밖 노란 은행잎 하나가/후드득 파랑새가 되어 날아간다"고 느낀다. 시인이 바라보던 눈부신 노란빛이 툭 떨어지며 푸른색으로 변하는 순간, 지상의 삶은 천상의 노래가 된다. 급작스레 찾아온 죽음의 예감에 직면했을 때 우리는 어떤 자세가 될까. 시인은 진한 커피 한 잔을 깨끗이 비운다. 커피를 마시는 일상처럼 죽음도 시인에게 찾아올 것이다. 진한 빛깔과 향과 따뜻한 느낌처럼 죽음도 천천히 시인의 감각 속으로 들어온다. 목숨이 다하면 말라붙고 말 혈관을 자신이 좋아하는 향기로운 커피로 채워내려는 생명 의지가 읽는 이를 숙연하게 한다. 우리는 유한자인 걸 잘 알면서도 죽음에 맞닥뜨렸을 때 의연해지기란 쉽지 않다. 초월 의지는 마음의 수련을 상당 기간 거친 뒤에야 우리에게 찾아오는 편안함이다. 때가 이르면 죽는 것이야말로 자연의 섭리요 우주의 법칙이지만 암 같은 질병이 급작스레 삶의 평온을 위협할 때, 나날이 힘겨운 투병을 하며 살아가게 된다면 그러한 삶을 축복이라고는 할 수 없을 것이다. 그것은 삶의 종장에 찾아온 무거운 형벌이라고 보는 편이 맞을 것이다. 그러나 삶의 막바지에서 화자는 평온 가운데서 축복의 송가를 부른다.

지울 건 지우라 눈은 내리는데
그리울 건 그리우라 동백은 붉은데

거꾸로 난 저 발자국
흰 눈만 한정 없이 내리는
없는 하늘 아래
검은 새들 한 무리 둥근 원을 그리는데
마지막 작별의 시간
요단강 가 찬송 소리 눈처럼 내리는데
나목이 된 둥근 몸 위로 하염없이 쌓이는데
말없이 던져지는 검은 국화 송이들
— 「요단강 가에 눈은 내리고」 부분

장례식장에서 볼 수 있는 국화는 대개 흰색인데 이 시에서는
"검은 국화 송이들"이다. 시신을 상징한다고 보면 될 것 같다.
눈이 내리는 어느 날, 바깥 풍경을 바라보는 화자의 심사가 사
뭇 착잡하다. 화자는 누군가의 임종(마지막 작별의 시간)을 지
켜보다가 이윽고 어떤 소리(요단강 가 찬송 소리)를 환청인 양
듣는다. 눈은 "나목이 된 둥근 몸 위로 하염없이 쌓이는데" 가
만히 있을 것인가. 화자는 "말없이 던져지는 검은 국화 송이들"
을 생각하면서 외친다. "그만큼 향기로웠던가, 그대여" 하고 던
지는 이 질문은 화자의 자문이기도 하고, 죽은 이를 향한 질문
이기도 하다. 우리는 모두 유한한 생을 살아가면서 국화 송이처
럼 향기를 풍겼던가? 살아 있는 한 사는 것이지만 마음의 슬픔
과 육체의 아픔은 떨쳐버리고 싶은 것. 하지만 시인은 '고통의
축제'(정현종)를 연다. 고통이 엄습했던 날, 삶을 더더욱 뜨겁게
느꼈던 것이리라.

무연했던 하늘에 뒤통수 치는 강풍
생가지 꺾이고 생잎 찢어집니다

꺾이고 찢길수록
아프지 않았던 날보다
몹시 아팠던 날,
새록새록 더 생각납니다

나무가 숲이 되면
씨앗들 웅성웅성 모여들어
생가지 생잎 울리던 무서운 바람
작은 힘 쑥쑥 올려 기꺼이 밀어냅니다

시퍼런 멍울 뭉쳐 울컥울컥 쏟아내던
벌겋게 단련된 지나간 상처들
옹기종기 모여
기어코 웃게 만듭니다

사노라면,
무정무정 그리워지는 것은
눈부시게 환하거나 따뜻했던 날보다
무섭게 바람 불던 어느,
그 어느 날이랍니다

　　　　　　　　　　　　—「그리운 바람」 전문

　그냥 바람이 아니다. 나무를 송두리째 뽑기도 하는 강풍이다.
역설적이게도, 화자는 아프지 않았던 날보다 몹시 아팠던 날이
더욱 간절히 생각난다. 생명체들은 생가지의 생잎을 울리던 그

무서운 바람 덕분에 단련이 된다. "벌겋게 단련된 지나간 상처들"을 "옹기종기 모여/기어코 웃게 만드"는 바람, 그 강풍을 그리워하게 되었으니, 그 동안의 시련이 얼마나 가혹했던 것일까.

이런 비장한 시도 있지만 시인의 소소한 일상이 드러나 있는 몇 편의 시는 해설자의 입가에 미소를 머금게 한다.

> 취하면 사탕이 사랑으로 보이나 보다
> 풋감 같은 사랑이 사탕이 되어 올 줄 누가 알았겠나
> 서양 놈들 사랑 맛이
> 이러지도 저러지도 못하고 엉거주춤하다
>
> 때마침 들어오는 딸애,
> 아빠가 화이트 데이라며 사탕 사 왔더라
> 알아! 엄마는 스카치 캔디 커피 맛
> 나는 가마솥에 누룽지
> 뭐야, 내 이미지가 그런 거란 말이야?
>
> 풀풀 날리는 웃음, 뱃속으로 꾹꾹 들이밀고
> 그게 사랑이었니?
>
> 신새벽 언쟁에 돌아누운 단단한 어깨
> 구겨진 기분 펴질 리 없는데
> 깨 볶은 대신
> 군불 땐 누룽지 한 봉다리
> 서양 놈 이미지 너머 이미지를 맛본
> 화이트 누룽지

비로소 명치끝이 풀리며 취기가 돈다

—「너머」 전문

이 시는 시인 자신이 직접 겪은 일화라고 여겨진다. 이 시에서 3월 14일 화이트데이가 "서양 놈 이미지"라고 했지만 실은 일본의 사탕 생산 업체가 고안해낸 날이다. 서양의 오랜 전통인 밸런타인데이는 연인에게 초콜릿을 선물하며 사랑을 고백하는 날이라고 한다. 이에 착안한 일본의 사탕 만드는 업체에서 "밸런타인데이에 초콜릿을 받은 사람이 한 달 후 사탕으로 답례하는 날"이라는 선전을 해 한국과 중국, 일본, 대만 등 동아시아 지역에서만 기념일로 인식되고 있다. 집의 가장이 어디서 들었는지 화이트데이라며 사탕을 사 왔는데 엄마 몫이라며 커피 맛 나는 스카치 캔디를 사 왔고 딸 몫이라며 '가마솥에 누룽지'라는 사탕을 사온 것이었다. 딸은 볼멘소리를 낸다. "뭐야, 내 이미지가 그런 거란 말이야?" 하고. 네 번째 연을 보니 가족 간 약간의 말다툼도 있었던 듯한데 실은 얼마나 의가 좋은 관계임을 알 수 있다.『시경』의 '風' 유의 시도 있다.

이룰 수 없는 사랑의 성지라구요?

바람이든 달빛이든 확 끌어다
두 눈 부릅뜨고 폭우처럼
패대기치고 싶은 사랑도 있다

갈바람 불고 찬 서리 치는
기러기 울어 예며 날아가는 달밤

누구랴 구만리장천
뒤척이고 싶지 않은 사랑 어디 있으며
가슴 뛰며 살고 싶지 않은 사랑 어디 있으랴
펄떡이는 심장 꽉 끌어안고 싶지 않은 사랑 어디 있으랴

낡은 무릎, 사철 발 벗은, 뙤약볕 아래 이쁠 것도 없는
사랑, 비단결처럼 부드럽고 동백꽃보다 붉디붉어
누구라도 불타고
누구라도 가슴 쿵쿵 뛰는 그래서 또 애월

금기의 그 남자 그 여자는 천상의 사랑이던가
그럴싸한 그들만의 사랑을 사랑이라 함부로 노래하지 말자

—「본처가」전문

이 시에서 '애월'은 북제주에 있는 애월읍을 가리키는 것일
까? '悲哀'와 '歲月'의 합성어인 것도 같다. 아마도 이 시에서
의 사랑은 살이 탈 정도로 뜨거운 연인 간의 사랑이 아니라 수
십 년을 같이 살면서 한 마음 한 몸이 된 부부지간의 사랑을 다
룬 것이 아닌가 한다. 제목도 그렇고 정지용의 「향수」가 얼비치
는 것도 그렇고 '사별'을 전제로 한 사랑(천상의 사랑)인 것도
그렇다. "그럴싸한 그들만의 사랑을 사랑이라 함부로 노래하지
말자"고 하니 해설자도 침묵을 지켜야 하리.

이번 시집의 또 하나의 특징은 사투리를 짙게 구사한 시편이
적지 않다는 것이다. 사투리를 구사한 시편이 많지는 않지만 전
남 여수 출신인 시인은 고향의 방언을 적절히 구사해 토속적인
정취를 물씬 풍긴다.

감나무집 무당 년이 겁나게 이쁘당께 굿판이 없는 날
기운깨나 쓰게 생긴 멀끔한 사내 놈이랑 정분 나
펄렁펄렁 싸돌아다닌당께 그 무당 년을 찾아온 여편네들은
서방인지 남방인지 바람이 나 가물에 바싹바싹 타들어가
는 나락처럼
바짝 말라빠져 버석거린 가슴을 복채로 내놓는다등마
　　　　　　　　　　　　　　　　　　　—「칠월」 부분

초가을 와자한 함성 스펀지처럼 흡수해버린 운동장
습기처럼 달라붙는 이른 아침
칸나의 신음에 파르르 솜털이 긴장한다
푸드덕푸드덕 칸나 이파리
날개 다친 듯
장난치지 마, 화단을 올리는 금지된 고함
파득파득 몸부림치는 칸나
어지께 이장네 논에 농약 쳤다등마
　　　　　　　　　　　　　—「낯선 시간, 붉은 시선」 부분

　이런 시는 고향 마을에서 살던 성장기 때의 추억담일 것이다.
사람들마다 다르겠지만 어떤 이는 근년의 일은 잘 기억나지 않
고 어릴 때의 일들이 또렷이 기억난다고 한다. 그해 7월 시골마
을의 풍경을 그린 앞의 시는 서정주의 『질마재 신화』풍이다. 뒤
의 시는 분명히 성장기 시편으로, 화자가 처음으로 달거리를 한
어느 해 10월 초쯤의 풍경이 그려져 있다. 이장네 논에 농약을
쳤기 때문인지 제비가 죽는다. 제비를 칸나 곁에 묻어주고 몇
날 며칠 신열에 시달리다 칸나처럼 붉은 달거리를 했던 화자는

아마도 10대 초반에서 중반으로 가고 있었을 것이다. 유년기나 성장기를 배경으로 한 시는 이외에도 「시간의 추적자」, 「별」, 「쑥 아, 미안해」, 「고마운 일」 등이 있다. 이런 시편은 시인이 YMCA 어린이 글쓰기 강사, 영재글쓰기 학원 강사, 어린이 글쓰기 방 문 지도 교사를 한 이력과 무관하지 않을 것이다. 이런 시는 老 −病−死가 아닌 生의 의미를 추적하면서 쓴 것이다. 하지만 해 설자 개인적으로 가장 크게 감명을 받은 시는 역시 老−病−死 를 다룬 것이다.

현상되지 못하는 노숙의 나날이여
상처라 말할 수조차 없는 사랑이여
언어는 한계에 이르고 타전할 수 없는 눈물은
닻 내린 가슴 밑바닥 뱃머리에 묶이어 있다
누가 세월을 약이라 했는가
너와 내가 주저리주저리 사랑한 세월,
세고 세어도 끝끝내 셀 수 없는 세월

바다는 그날을 유언처럼 곱씹고 있겠지
섬은 부식되는 어지러움 소금에 절이며
가라앉은 바다를 팽팽하게 붙잡고 있겠지
얼마를 더 가야 노랑나비 잠들 수 있을까
찔레꽃 더듬어 노랑나비 찾는 여인아
오늘처럼 길을 가다 불현듯 그리우면
출렁이며 어디서나 실컷 울어버려야만 한다
―「오늘처럼 불현듯 그리우면」 부분

이 시에 '눈물'이라는 명사가, '울어버려야만 한다'는 동사가 나오기 때문에 감동적인 것이 아니다. 생의 비애를 온몸으로 경험한 자의 내면의 아픔이 찌르르, 감전된 것처럼 전해져오기 때문이다. 물론, 세월이 약이 될 수도 있다. 하지만 세월이 육신의 아픔에 아무런 도움이 되지 않고 아픔이 가중된다면? 그렇다, "너와 내가 주저리주저리 사랑한 세월"이 있었다. "세고 세어도 끝끝내 셀 수 없는 세월"이 있을 것이다. 아프면 아픈 대로, 그리우면 그리운 대로, 인간은 시간의 무게를 견딜 수밖에 없는 존재다. 시인인 이상 이 무거운 시간의 무게를 시를 쓰면서 인내해 나갈 수밖에 없다(오규원). "시인은 병상에서도 쓰고 싶었다는데/제자 손바닥에 손톱 세워 한 자 한 자/마지막까지 썼다는데"(「섬광처럼」) 김금희 시인도 그에 못지않게 혼신의 열정으로 시를 쓰고 있다. 꽃은 줄기나 가지에 배열되는 모양이 있고 순서가 있다.

조팝꽃 찔레꽃 한바탕 놀고 간 하얀 꽃자리
붉은 꽃물 들어 절창이기는 한데

꽃 피는 차례마다 시회(詩會)를 열자던 옛 님
꽃도 없고
님도 없고

슬그머니 어지럽다
시(詩)차례, 꽃차례

— 「시(詩)차례, 꽃차례」 부분

꽃도 없고 님도 없으니 이를 어찌할 것인가. 생의 비극적 정황 속에서도 시를 길어 올리려는 시인의 몸짓이 자못 처절하다. "슬그머니 어지럽다"는 것은 뇌에 무슨 이상이 생겼기 때문이리라. 몸이 내 마음의 말을 듣지 않을 때, 보통 사람이라면 시간에 치여 허둥대거나 허우적거릴 테지만 시인은 그럴 수 없다. 시를 써야 하기 때문이다. 촛불처럼, 심지가 꺼질 때까지 시의 불을 피워야 한다.

얼마나 갑갑했을까
와르르 햇살처럼 쏟아지는
유년의 뜰 그리며 채집한
지난가을인가 지지난 가을이었던가
잊혀진 한 줌 꽃씨, 꽃말
재잘재잘 갈피마다
깨 털리듯 까르르 깔깔 뛰쳐나오는
봉인된 그리움
내 마음도 누런 감옥
피지 못한 시어들 난분분한데
이 왁자한 웃음을 어쩔거나
그리울 때마다 꺼내라는
시절(詩節),
시절(詩節)들

온 봄이 점점이 환해온다

— 「시절(詩節)을 털다」 전문

142

이 시가 지향하는 것은 좌절이나 절망이 아니다. 뼈아픈 그리움도 살 떨리는 안타까움도 아니다. "재잘재잘 갈피마다/깨 털리듯 까르르 깔깔 튀쳐나오는/봉인된 그리움"이다. 아직 "피지 못한 시어들 난분분한데/이 왁자한 웃음을" 어쩌할 것인가. 과거의 일들이, 사람들이, 장소가 그리워질 때마다 시인은 '시절(詩節)'들을 꺼낸다. 시절(時節)의 힘을 이겨내는 더 큰 존재가 시절(詩節)이다. 운율이나 억양 따위의 특징에 의하여 구분한 몇 개의 시행들로 이루어진 단위인 시절(詩節)을 꺼내어 매만지니 "온 봄이 점점 환해오"는 것이다. 인간은 유한해도 예술은 무한하다. 신은 너무 바빠서 시인에게 위탁하였다. 영생을 꿈꾸라고. 우주를 유영하라고. 시간여행을 하라고. 시절(時節)을 넘어서 시절(詩節)을 털고 있는 김금희 시인이 오래오래 건강한 몸으로 "피지 못한 시어들"을 피워내기를 바란다. 한국문예창작학회의 일원으로 해외에 몇 번 같이 가서 국제문학 심포지엄에 참가했는데, 그 인연으로 이 해설을 쓰게 되었다. 아무쪼록 시인이 아픈 몸을 훌훌 털고 일어나 두 번째 시집 준비에 몰두하기를 바랄 뿐이다. 아픔과 고통이 시를 더욱 살아나게 할지니, 지상에서의 아픔을 천상의 노래로 바꿔 부를 시인의 음성이 기다려진다.

李昇夏 | 시인